現代短歌パスポート5

来世イグアナ号

書肆侃侃房

目次

佐々木朔

新市街

公園へつながる道に置かれてる仔象を模したものをまたいだ

ちいさい犬、と名指してそれを追いかけるちいさい人の眼に映る犬

ちょこちょこと駆けて軀をあたためるパーカーを着なかったかわりに

砂浜を歩くと膝の裏側が痛くなる　歩きたいからこまる

ここからは漕ぎ出すことはないけれどパスポートセンター海のそば

かっこいい車だなあと思うけどかっこいいことしかわからない

点描の絵からはなれて観るときの眩暈のなかに棲む半人半馬《ケンタウル》

円筒のなかを飛び交う自動車が描かれるむかし観た未来の図

なんとかと煙は高いところへとのぼり後悔してるなんとか

かきまぜて飲んでほしいと言われてもむずかしいつくりのプラカップ

冬の日のまぶしく暮れてゆくなかを円形歩道橋わたってく

じき終わる定期借地の劇場の泉が涸れるまえにさわった

履きつぶすつもりで履いているけれどなかなかつぶれないスニーカー

地下道のどこから吹いてきているか結局わからない強い風

さっきまで展望台にいたことを告げぬままあなたと落ち合った

井上法子

碧瑠璃

夕凪にふと立ち止まる　ずっとその隠喩はそばにあった気がして

夜の湖《うみ》　とどかなかった感情がひづめを鳴らし近づいてくる

漣にきみ待つうつつぬばたまの／あかねさす称号を手にして

あかときに運ばれる舟　くりかえす怠惰を波と思うか　どうか

王冠を。水べに落ちるときはみな最も厳かなものとして
この岸のかなたにきみの火をみとめ、ときおり宵闇を呼んでみる

きみのかげ炎えひろがってゆくさまを喩えれば　あわよくば碧瑠璃

重力にあらがうようにたぎる火を視ている。ここは横顔ばかり

風立てばただ舌足らず湖原《うなばら》をすぎるたび樹の翳は身じろぐ

ついに詩のたくらみのなか選ばれて夢　ゆめばかり　幻は美味

待ってたよって笑ってほしいどの樹々もあまさずこずえ透きとおらせて

海よりもしずかな原をなだめつつみずうみへ日も月もおぼれる

水紋を逃がして風を手なづけて泡沫《あわ》のワルツを　もう少しだけ

ひなかにも夜中にも目をつむらせる（とうにことばは走らせている）

だから凪、群れずにさやぐ薄明を引き連れて耀《かがよ》いにおかえり

丸山るい

遠景

遠景に重機はみんなおりがみのようです眠い電車に乗れば

ぬいぐるみの濫造されていることはだれの罪でもない冬の街

どこへでも鳩は入ってくるでしょう曇り空から分泌されて

覚めたきりわすれてしまうはつゆめの顔であなたの立っている駅

うごく歩道へからだを乗せて数字ならここではみんな光っている、と

ひこうきの視野を盗んでわれわれは見るわれわれの冬の離陸を

つめたさを口から口へわたらせる　人造大理石を踏みながら

北にいるきつねはみんな北きつねと言われるような会議ばかりが

日照のためにかたちをかえてゆく家のそれぞれに吊るカーテン

住んでいた町をあるくと町もまたわたしを忘れているとわかった

折りたたんだ手脚をひらくテーブルよ　どの蕾でも濡れている午後

うすやみの計画緑地　だれもいないフェンスの先へ月は出てゆく

ゆっくりと気温のあがり自治体のさだめたふうに咲くいくつかは

それきりということもあり水瓜のにおいの洗濯物をひろげた

かみさまについてあなたが考える　わたしが考える　春の沼

堀静香

ひらひらと四股

大きい耳、迷路めく耳　ぼんやりと気づけば他人の耳を見ている

栞紐引き出すときのよろこびの磨りガラス越しの朝日は静か

溶け残る雪の汚さ　またきみは吉野家ばかりをやたらと褒める

風呂が沸いたときの音楽　いまのじゃなくて、前の家の　唇のざらつき

「あーちゃんはそのときどこにおったん」と存在以前を子は不思議がる

日差しがテレビの指紋をうつす　もらいものの鳩サブレーは首から折れて

発熱の仕組みを説明してやればそれなりに真剣に聞く顔

筋トレと言いつつきみが四股を踏む　熱の子どもがひらひら真似る

冬の曇天、冬の乾燥もうずっと刺すようなさびしさは霞んで

「きのうさあ、」が口癖となる昨日よりもっと昨日に見た海のこと

レゴの木々さびしく立ってきみもわたしもほんとうは色んな嘘がつける

回復の証のように四歳が歌う鼻唄、　風呂まで届く

本物のポストイットは剝がれない壁に貼ってもきみに貼っても

こころを見せる手つきのように病み上がりの酢豚のまとう餡かがやいて

風が止めば　冬のゆるみを春のひかりと喜んで何度も間違える

野口あや子

サブスク

喉が喉がうるさいまるで鳥のようコロナ陽性をはばたいている

ウイルスのこころはしらず全身に宿らせている白き聖夜に

体じゅうウイルスまみれと知らされるナースは距離と除菌に急いて

会えなければますますひとの影は濃く目を覚ますたび夢を見るたび

iPhoneでつながっているひとたちのアイコン指でひろげていたり

冬の乾燥、こころの乾燥くるしくて憎むべかずと寝返りをうつ

水を飲んで薬を飲んで肉体をただしく保つみょうな寒さは

ネットスーパー、ウーバーイーツのアイコンのぴかぴかとから元気な画面

病めるときも健やかなるときもサブスクのある世にきみとはなにを分け合う

きみをぼんやり何度も思うながらえば忍ぶることも甘きルーティン

アクエリアスにらっぱのごとく口をつけ鳴らしてみたいウイルスの歌

枕にわが髪はからんでものおもいまでともいかずに時を費やす

ざらざらと眉を描き足しのぞきこむ鏡べらぼうに生き延びた顔

ダウンジャケットぼこぼことして不機嫌なぬいぐるみのごとミルクを買いに

恋しかるひとりのひとの返信はないままドアを開ければ外だ

内山晶太

逃げてゆく馬たちの

欅の葉をステンドグラスに近づけて爆発を待つこの晩秋を

鼻の穴の奥にぶらさがるものをひくとともる実家のトイレの電気

宗教へゆくこころ、川へゆくこころないまぜにして橋にさしかかる

花吹雪ははなればなれがつくりだすもののなかでもあれは力作

ゆでたまごを受け入れながら煮えたぎる塩水を手はふかく拒絶す

メリーゴーランドの逃げてゆく馬たちの、背中に崖を生やして逃げる

生活感を消しながらする生活のスタイルへ血眼をふたつ置く

部屋という部屋に真冬はゆきわたり猫の乳首にいる静電気

万華鏡をこわしたらなにになるだろうエヴァ・ブラウンがにおう水仙

宝石を見下ろしながら宝石より先に死ぬものたちだけがうごく

ティーバッグには熱湯を浴びせてもよいのだと無意識が言うなら

誕生日しずかとなりし中年の日のおもいでに犀を見ており

ポロネーズ弾くには硬きにぶき指をポロネーズ弾かせずにつつがなし

肉眼に嵌まりてゆきし死顔のいくつもがたどりつく脳裡まで

post card

恐れ入りますが、切手をお貼りください

810-0041

福岡市中央区大名2-8-18
天神パークビル501

書肆侃侃房 行

フリガナ
お名前　男・女　年齢　歳

ご住所　〒

TEL(　　　)　ご職業

e-mail：

※新刊・イベント情報などお届けすることがあります。　不要な場合は、チェックをお願いします→□
著者や翻訳者に連絡先をお伝えすることがあります。　不可の場合は、チェックをお願いします→□

□**注文申込書**　このはがきでご注文いただいた方は、**送料をサービス**させていただきます
※本の代金のお支払いは、本の到着後１週間以内にお願いします。

本のタイトル	冊
本のタイトル	冊
本のタイトル	冊

愛読者カード

□本書のタイトル

□購入された書店

□本書をお知りになったきっかけ

□ご感想や著者へのメッセージなどご自由にお書きください

※お客様の声をHPや広告などに匿名で掲載させていただくことがありますので、ご了承ください。

◀こちらから感想を送ることが可能です。

書肆侃侃房　http://www.kankanbou.com　info@kankanbou.com

冬のかゆみ皮膚をかくとき血は出でてはじめてひとつごと完成す

山崎聡子

越冬隊

遠吠える犬　声だけが本棚のあの硝子戸に反射していた

赤ちゃんマンモス生きてるみたい白黒の写真を指でゆすって起こす

あめ玉のように寿命を舐めながらあなたが飼っていたのは兎

ストーブとかじかんだ指　人体がふきさらされてある雪壁よ

リフトから足を垂らしてとりどりの毛糸帽子に雪降りやまず

ゴルバチョフの地図の額のわたしにも身体のほうにあった気がする

友だちの咳すいこんだスキー合宿のくらい廊下の奥にある部屋

クロ、アンコ、ジャック、タロ、シロ、ほの光るwikipediaそう声にしてみて

セーターの編み目のうねりの隙間から私の赤い橇が見えます

きつね頭のマフラー巻いて細い刃にのって氷を踊ったことを

凍り付いた車の窓にお湯かけてそれでも生きて還らない犬

野犬の目でわたしを見たら降りしきるフロントガラスの雪を見ていて

南極と信じて見てたプラスチックの青い氷でできた雪山

暗闇の縫い目の道を通るとき両目をかたく閉じたりしてね

ぶかぶかに厚着をさせて木の洞にすっぽり入れた冬のおとうと

斉藤斎藤P

呼吸のように

腕がない　脚もないのに　なぜなのか　行こうとするのは　まだ生きてるか

疲れたか？　いやまだいける　でもなんだ　この続きには　どこかがないぞ

食わなくて平気になった　それなのに口があったら　文句を言うさ

手がないと思ったはずが　今ふいに　ポケットの中探る仕草す

欲望を地図にしないで生きるなら　そもそもお前どこにいるんだ

答えない　海のかわりに　答えるな　お前の声は　波のようだな

耳鳴りのように響いた泡のあと　しずかにひとり墨をはなして

知ることのすべてを脱いで残されたこの静けさに名前はないか

名づければそこに落ちると知りながらそれでも名前を探してしまう

感じない欲望の先に現れる数のひとつひとつそれでも美しい

欲しないもの見つめるだけで数式が膨らんでいく宇宙のように

重力は重さを失い　なおここに　落ちる私の場所があるらしい

それでもまだ呼吸のように言葉だけ浮かんでしまう　俺が終わらん

掟など　ないと言うなら　なぜお前　昨日と同じ火をつけるのか

終わるのか？　いや終わらない　終われない　お前がいる限り　俺は続くぞ

○○について質問し、しばらく意見交換した後、「もし○○が●●だったら。口語短歌15首」という指示を「ChatGpt 4o」に与え、その回答から選歌・配列した。すべての歌が各句一字空けで出力されたため、適宜ツメたが、それ以外の推敲はしていない。「○○」の内訳は、実在した人物4名、架空の人物2名、動物、イデオロギーであり、うち1名（？）は「ベケット小説三部作の主人公」である。

吉田隼人

nunc aeternum

百科事典ひもとき見ればイグアナのある種の模様美《は》しと書かれあり

ひとは木を伐ることができ火はいのちの比喩にして且ついのちを持たぬ

閑暇には哲学をなせ　わが室にしろきあかりのさす冬の朝

西田寸心菓子を食ひては反省を日記《にき》に録せり百余年前

うつくしきけものと棲まふ　家長とはつね不機嫌を宿命として

西田幾多郎子等に妻にと先立たれ兵児帯締めて日々あゆむとぞ

憑かれしひとのごと早足にゆくといふかなしみふかきかの哲人は

ザッピング癖《へき》あるひとと仏人の巴里陥落に泣くを見てあり

夜明けまへ目覚めてしまひ独り泣く　うつの人にはうつのユーモア

歯に裂けて梨みづみづし空ひろき町に住むこのかなしみのごと

鄙《ひな》にありて枯野に赤は柿ばかり国ほろびなばわがとむらはむ

月と金星相寄りて輝るゆふぐれにわが慰めの方法叙説

自由の人は死を思ふこと少なしと稿を閉ぢたるスピノザあはれ

うすき皮剝けばぶだうの紅《くれなゐ》の創《きず》みづみづし　volo, ergo sum.

もくもくとサラダ喰らひてわが来世イグアナならば花も喰らはむ

石井僚一

ありがとアーメン、さよならグッバイ

突然走る　ふみんふきゅう、　と吹いている風のさなかを　全速力で

しんどさを抱えるときに畳なら一枚くらいの重さ大きさ

人生に屋根がないから人様に嫌われるたびずぶ濡れの日々

雑じゃない雑談は雨　無駄じゃない無駄話も雨　五月《さつき》に五月雨《さみだれ》

天ぷらは天国のプラごみの略・↑これは私の小さな命

合法のプラネタリウムはくせになる違法のプラネタリウムならどう？

泣きながら走り続ける　効率がいいけど疲れる　よ　天の川

ぼんやりも許してほしい　コーヒーとコーラを混ぜた飲みもの　ふつう

かなしみのなかに温泉　人間が狂ったときには温泉が来る

匙を投げる　比喩ではなくて本当に川底に匙、きらきら光った短い歌、略して短歌　会って話す、略して会話　生変君会！

いてくれてありがと！　春の大真面目大丈夫大合唱をきみに

墓にするならバカでかい石　アーメン　生きていくならバカでかい愛

永遠は一瞬　さよなら　さようなら　もらった花束枯れちゃってごみ

トイペ巻くスピード感で生きる　あすきみが泣くならいまおれが泣く

執筆者プロフィール

佐々木朔（ささき・さく）

一九九二年生まれ。神奈川県横浜市出身。早稲田短歌会を経て、現在「羽根と根」同人。歌集に『往信』（二〇二五年、書肆侃侃房）。

井上法子（いのうえ・のりこ）

一九九〇年生まれ、福島県出身。著書に『永遠でないほうの火』『すべてのひかりのために』（ともに書肆侃侃房）。

丸山るい（まるやま・るい）

一九八四年生まれ、東京都在住。「短歌人」所属。第二十二回髙瀬賞受賞。第一歌集準備中。

堀静香（ほり・しずか）

一九八九年神奈川県生まれ、山口県在住。短歌同人「かばん」所属。第一歌集『みじかい曲』（二〇二四年、左右社）で第五十回現代歌人集会賞受賞。他エッセイ集に『わからなくても近くにいてよ』（二〇二四年、大和書房）など。

野口あや子（のぐち・あやこ）

一九八七年、岐阜市生まれ。「未来」所属。第一歌集『くびすじの欠片』にて第五十四回現代歌人協会賞。ほか歌集に『夏にふれる』『かなしき玩具譚』『眠れる海』。岐阜新聞にて月一エッセイ「身にあまるものたちへ」連載中。

内山晶太（うちやま・しょうた）

一九七七年、千葉県生まれ。第五十七回現代歌人協会賞。歌集に『窓、その他』。「短

歌人」編集委員。「pool」「外出」同人。

山崎聡子（やまざき・さとこ）

一九八二年栃木県生まれ。「pool」、ガルマン歌会などに参加。未来短歌会所属。二〇一三年歌集『手のひらの花火』（短歌研究社）で第十四回現代短歌新人賞。二〇二一年歌集『青い舌』（書肆侃侃房）を刊行。二〇二二年同歌集で第三回塚本邦雄賞。

斉藤斎藤P（さいとう・さいとうぴー）

・斉藤斎藤（さいとう・さいとう）　一九七二年生まれ。歌集『渡辺のわたし』『人の道、死ぬと町』。
・ChatGPT 4o（ちゃっとじーぴーてぃー・ふぉーおー）　二〇二三年生まれ。豊富知識で対話の疑問を即解決する最新ＡＩ。

吉田隼人（よしだ・はやと）

一九八九年、福島県出身。早稲田大学大学院仏文科博士課程満期退学。二〇一三年に角川短歌賞、二〇一六年に現代歌人協会賞。歌集『忘却のための試論』『霊体の蝶』、エッセイ集『死にたいのに死ねないので本を読む』。

石井僚一（いしい・りょういち）

一九八九年北海道生まれ。石井は生きている歌会主催。歌集に『死ぬほど好きだから死なねーよ』（短歌研究社）、『目に見えないほどちいさくて命を奪うほどのさよなら』『・』（いずれもKindle版）。

現代短歌パスポート5 来世イグアナ号

二〇二五年四月二十八日 第一刷発行

著者 佐々木朔 井上法子 丸山るい 堀静香 野口あや子
内山晶太 山崎聡子 斉藤斎藤 吉田隼人 石井僚一

発行者 池田雪
発行所 株式会社 書肆侃侃房（しょしかんかんぼう）
〒八一〇-〇〇四一 福岡市中央区大名二-八-一八-五〇一
TEL：〇九二-七三五-二八〇二 FAX：〇九二-七三五-二七九二
http://www.kankanbou.com info@kankanbou.com

編集 藤枝大
デザイン 藤田裕美
装画 楢崎萌々恵
DTP 黒木留実
印刷・製本 シナノ書籍印刷株式会社

ISBN978-4-86385-670-7 C0092